산을 보고 좋아해도 내가 좋고
바다를 보고 좋아해도 내가 좋은데
**하물며 그 사람을 보고 좋아하면**
**내가 얼마나 좋겠습니까.**

늘 긍정적이고 기쁜 마음을 가져야 합니다.
이것이 나를 사랑하는 법입니다.
이것이 나를 아름답게 가꾸는
자기 화장법입니다.

법륜스님의 즉문즉설

**오늘의 마음날씨** 흐리고 비

1판 1쇄  2009. 7. 10
펴낸이  김정숙
펴낸곳  정토출판
지은이  법륜스님
편집  서예경, 김종희, 강혜연, 김희정, 이성민
디자인  조완철
그림  신희선
등록번호 제22-1008호
등록일자 1996. 5. 17
주소 서울시 서초구 서초3동 1585-16
전화 02-581-0330
인터넷 www.jungto.org
이메일 book@jungto.org
행복한 책방(쇼핑몰) shop.jungto.org

ISBN 978-89-85961-58-5  04810
       978-89-85961-55-4  (전6권)

오늘의 마음날씨 흐리고 비

정토출판

# 차 례

# 바로 지금 행복해지는 법

즉문즉설은 법륜스님이 즉문즉설 법회에 참가한 대중들과 직접 고민과 답을 나누며 기뻐했던 현장의 소리들을 활자로 풀어 엮은 것입니다.

각자의 속 깊이 담아 두었던, 그래서 꺼내 놓기도 힘들었던 인생의 무게를 법회 현장에서 풀어 놓는 것은 그것만으로도 마음이 가벼워지는 감동을 줍니다. 또 질문한 사람뿐만 아니라 그 자리에 함께한 사람 자신의 삶도 돌아보게 해줍니다.

그러한 즉문즉설 법회의 생생한 '말'을 '글'로 엮으면서 더러는 정리되고 줄여지기도 하였습니다. 그래서 법륜스님의 말씀을 더욱더 생생하게 듣기를 원하는 독자들의 요청으로 오디오 북을 만들게 되었습니다. 더불어 스님의 답변 중 감동으로 전해지는 스무 편의 사례를 모아 책으로 엮었습니다.

여기에는 지면에 담을 수 없는 공간이 흐릅니다. 마음이 아프거나 답답하거나, 고통스러웠던 인생의 조각조각이 질문자의 입을 통해 전해지면 법륜스님은 때로는 웃으며, 때로는 호통치며, 때로는 따뜻하게 답하십니다. 그리하여 질문자의 마음 깊이 '내가 바로 지금 이곳에서 행복해지는 법'이 새겨집니다.

현장의 감동을 일부분이나마 함께하면 어느새 가벼워진 나를 발견할 수 있을 것입니다.

편집부

**법륜스님이 들려 주는 즉문즉설**

# 「오늘의 마음날씨」

## 봄비 맞이하듯 마음그릇 닦아 들고

나도 한 번쯤은 고민해 보았던 삶의 문제,
풀리지 않아 담아 두기만 했던 질문들이 여기에 있습니다.
다음은 두 장의 CD에 담긴 우리들의 인생 고민입니다.

**01** 6살짜리 아들이랑 4살짜리 딸아이가 있어요. 저는 평소에는 남편에 대해서 별로 불만이라든지 걸리는 게 없어요. 그런데 남편이 아이들에 대해서 신경질을 낸다든지, 좀 무관심하다든지, 아니면 명령조로 이야기하는 것을 보면 화가 많이 올라옵니다.

**02** 절친했던 올케언니가 저 세상으로 갔습니다. 그런데 언니가 살아 있는 동안에 저희 친정엄마와 친정 식구들이 언니한테 모질게 했어요. 언니가 가고 나니까 제가 친정 식구들 보기가 너무 힘들어서 지금 연락을 안 하고 있습니다. 엄마하고도 연락을 잘 안 하니까 엄마는 많이 서운해 하십니다. 어떻게 해야 할까요?

**03** 금강경에 나오는 무주상의 의미가 상에 집착하지 말라는 것인데, 제 견해로는 상은 현실세계를 살아가는 기준이고 에너지고 추진력이라 봅니다. 상을 가지지 말고 뭘 하라는 이야기가 나온다면 이 세계의 발전이라든지, 변화라든지 이런 것이 있을 수 있겠느냐 하는 의문이 듭니다.

01 중학교 교사입니다. 워낙 경쟁을 중요시해 아이들이 시달리다 보니까 제 딴에는 최선을 다해서 수업을 하는데 반 이상이 자고 떠들고 그럽니다. 그런 아이들에게 화가 나는 제가 너무 싫고, 어느 순간부터 수업을 하기 싫어하는 교사가 되는 저의 모습도 너무나 싫습니다.

02 저는 맞벌이를 하는데도 경제적으로 넉넉하지가 않고 매달 살기가 빠듯해요. 알뜰하게 살고 불필요한 것은 안 사는데도 별로 모이는 게 없거든요. 요즘 물가도 오르고 해서 위축되는데 마음을 비우면 된다는 말씀 말고 한 말씀만 해주세요.

03 남편이 계속 바람을 피웠어요. 술을 아주 좋아하고 센 편입니다. 이혼을 할까도 생각했지만 제 사고방식이 구식인지 차마 못했습니다. 바람피우는 것 말고는 다 잘합니다. 이혼하려니 그래도 조금은 남편을 사랑하는 것 같고, 너무 착하고 예쁘게 자라는 애들을 절대로 안 보고 살 수는 없어 고민입니다.

# 결혼과 행복

우리는 행복하기 위해서 관계를 맺고 살아가지만
관계를 맺으며 행복해 하기보다는, 관계 때문에 오히려 괴로워합니다.
괴로움이 생기는 근본 원인은 관계 그 자체가 아니라
관계를 잘못 맺은 데에 있습니다.

우리들이 생각하는 결혼은
불완전한 두 인격체의 결합을 통해 서로의 부족함을 메우고
완전함을 이루고자 맺는 관계입니다.

달에 비유하면
반달인 남자와 반달인 여자가 만나서 동그라미 온달,
즉 완전함을 이루려는 것입니다.
그러나 겉으로는 합한 듯이 완전한 모습으로 보이지만
가운데 금이 있는 것을 쉽게 알 수 있지요.
본질은 나누어져 있는 상태이므로 한쪽의 반달이 떨어져 나가면
다시 불완전한 상태로 돌아가 버리고 맙니다.

비록 부부가 한몸처럼 같이 산다 해도

한 사람이 죽거나 멀리 떠난다면

남은 사람은 스스로 설 힘을 잃게 되고, 허탈해지고,

삶의 의욕을 상실하게 됩니다.


그렇다면, 과연 어떻게 결합하여야 행복한 삶을 누릴 수 있을까요?

자신이 먼저 동그라미 온달이 되어야 합니다.

두 사람이 만나면 두 개의 동그라미가 되겠지요.

이렇게 된다면

다섯 개의 동그라미가 겹치든

열 개의 동그라미가 겹치든

아무런 거리낌 없이 하나의 동그라미가 됩니다.

스스로가 완전한 상태에서는
하나가 떨어져 나가도
두 개가 떨어져 나가도
여전히 동그라미는 완전한 상태로 남게 됩니다.

이러한 주체적인 삶의 자세를 기본적으로 갖고 관계를 맺는다면
인간관계에서 생겨날 수 있는 어떠한 괴로움도
쉽게 해소될 것입니다.

# 비굴하지 말고 당당하라

아빠의 입장에 서서 이해시켜 주는 것이 아이의 정신건강에 좋습니다.
어릴 때 사탕을 많이 먹으면 당장은 입 안이 달콤해서 좋지만
장기적으로 보면 이가 썩고 건강에도 좋지 않습니다.
불평하는 아이 편에 서서 아빠를 욕하고 원망하는 것은
당장 우는 아이에게 사탕을 줘서 울음은 그치게 할 수 있지만
결국에는 아이의 이를 썩게 하는 것과 같습니다.

옛날에는 남편들이 독선적이고 가정 폭력도 행사하고
가장이라고 행세하는 경우가 많았습니다.
그러면 아내는 자기의 억울한 얘기를
주로 세 살짜리, 일곱 살짜리 애한테 호소했어요.
그래서 어린애들은 자기 아빠를 '진짜 나쁜 놈'이라고 여겨서
아빠를 원수같이 생각하는 애들이 많았습니다.

이렇게 키우면 자기 자긍심, 자기 떳떳함이 없기 때문에
훌륭한 사람이 되기 어렵습니다.

자기가 자기 아버지로부터 왔는데
제 아버지를 미워하면 자기가 불량이라는 것 아닙니까?
종자가 불량하면 아무리 비료 치고 농사 열심히 지어도
소출이 별로 없지요.

자긍심이 있는 사람은
가난해도, 지위가 낮아도, 환영을 못 받아도 별로 구애받지 않습니다.

그렇지 못한 사람은
조금만 높은 지위에 가면 허세를 부리고, 조금만 돈을 벌면 사치를 하고
또 부족하면 비굴해지고 아양을 떨게 됩니다.
속이 허해서 그렇습니다.

그래서 부처님께서는 제자들에게 말씀하셨습니다.
"나의 제자들아!  교만하지 말고 겸손하라.
비굴하지 말고 당당하라."

# 백지 상태

아이들이 태어날 때는
거의 백지 상태로 태어난다고 할 수 있습니다.
과거생의 인(因)이 없다는 것이 아니라
어릴 때 형성된 습이 아이에게 전달되는 힘이 더 크다는 뜻입니다.


어머니가 부부간 문제나 다른 문제로 괴로워할 때
어린아이를 붙들고 원망을 한다면
그것이 비록 무심히 행한 것일지라도
그 아이의 삶에 영향을 주게 되는 것입니다.


부모의 한(恨)은 부모의 마음속에만 남는 것이 아니라
아무것도 모르는 아이들 마음속에도
그대로 남는다는 점에 유의하여야 합니다.


부모의 성격이 급하면 자식들도 급한 경우가 많은데
그것은 유전적 요인보다는 습의 문제인 경우가 많습니다.

특히 맏이의 경우 부모의 성격을 많이 닮습니다.
그것도 아버지보다는 어머니의 성격을 많이 닮습니다.
왜냐하면 어머니가 아이들하고 많은 시간을 보내고
맏이의 경우는 다른 형제의 영향은 적기 때문이지요.

자식에게서 자신과 닮은 못난 모습을 보면
부모는 그 근원을 생각하기에 앞서
'저 자식은 왜 저리 성질이 못 됐나?' 하고 속상해 합니다.
그러나 그 근원이 바로 나로부터 왔다는 것을 알아야 합니다.

아이들을 나무라는 것으로 해결하려는 것이 아니라
먼저 자기 자신부터 반성을 해야 한다는 것이지요.

만약 현재 가장 첨예하게 갈등을 겪는 사람이
남편이라면, 남편에게 그 부분에 대한 참회를 해야 하고
자식이라면, 자식에게 먼저 참회를 해야 합니다.

주위 사람의 잘못을 보고 원망하는 마음이 생기더라도
'아 그것도 내 잘못으로 빚어진 일이구나.'
이런 겸손한 마음으로 일체를 받아들이면
자식도 남편도 이웃사람도 마음이 바뀌어 변하게 됩니다.
내가 바뀌지 않으면 다른 사람들은 절대 바뀌지 않습니다.

살아가면서 어려움이라고, 불행이라고 닥쳐 오는 일들이
사실은 더 큰 불행을 예방해 주는 경우가 많습니다.
먼저 닥쳐 온 그 불행이 자기 삶을 변화시킬 수 있는 기회인데도
그걸 고맙게 생각하지 않다가
더 큰 불행이 닥친 후에야
'그때 내가 정신을 차렸더라면 좋았을 걸.'
이렇게 생각하는 경우가 있습니다.

지금 아무리 어려운 조건이라 하더라도
내가 행복해지기에 유리한 점이 많음을 아셔야 합니다.

# 다만 기도할 뿐

나는 다만 기도할 뿐입니다.
다만 진실하게 기도할 뿐입니다.
다만 간절하게 기도할 뿐입니다.
이런 것이 신앙입니다.

그래야 하늘에서 비가 내리듯이 가피가 내립니다.
우리는 지금 가피를 받으려야 받을 수 없는 수준으로
기도하고, 수행하고 있습니다.

자기는 나름대로 열심히 한다고 하는 것이
때로는 오히려 화를 자초하는 경우도 있습니다.
화를 자초하지 말고 복을 받을 수 있도록
생각을 하고
말을 하고
행동을 해야 합니다.
그렇게 간절하게 기도하세요.

# 출발점에 서서

무시무종
시작과 끝은 다르지 않다.
시작과 끝은 같다.
시작도 없고 끝도 없다.

생각을 일으켜 경계를 짓고
시작과 끝의 두 모양을 지으니
현상에 집착하여 온갖 고뇌를 일으킨다.

한 생각 쉬어지니 경계가 사라지고
모양이 없으니 집착할 바 없구나.
팔만사천 온갖 번뇌 본래 없어라.

과거는 이미 흘러가 버려 없고
미래는 아직 오지 않아 없어라.
현재는 다만 한 순간 순간이니
무엇에 집착하고 무엇을 두려워하랴.

과거에 집착하고
미래를 걱정하는 사람
생각에 사로잡혀 생각에 빠졌구나.
꿈속에서 사는 사람일 뿐.

# 무주상 보시

제가 미국에서 지내던 절에 보살님이 한 분 계셨어요.
6 · 25때 남편을 잃고 혼자되어서 행상으로 아들 둘을 키웠답니다.
그 아들 둘 다 미국에서 공부해서
하나는 의사가 되고, 하나는 공학박사가 되어
한국에서 혼자 살고 있던 보살님을 미국으로 모시고 왔답니다.

그런데 미국에 오신 보살님은 영어를 잘 못하고
며느리도 자기 일이 있어 매일 외출하니
보살님 혼자 계시는 시간이 많았습니다.
생각해 보니 자신이 꿔다 놓은 보릿자루 같고,
생활이 감옥살이 같아서
아들에게 괘씸한 생각이 들었습니다.

뼈빠지게 고생해서 키워 놓으니 제 부인만 생각하고
어머니 생각은 하지 않는 것 같아 마음이 몹시 상하셨어요.
더 이상 미국에서 못 살겠다고 한국으로 가겠다고 했는데

아들이 안 된다고 하여
할 수 없이 큰 아들집, 작은 아들집을 번갈아 오가곤 했는데
자꾸 눈치가 보이는 것이었지요.

그래서 제가 보살님께
부처님께서는 늘 무주상(無住相) 보시를 가르치셨는데
보살님은 무주상 보시를 안 했던 것이 아니냐고 말씀드렸지요.
"자식도 키우기만 하고 기대를 안 했으면
원망하는 마음이 없었을 텐데
기대를 하고 있으니 원망이 생긴 것 아닌가요?"

당신은 자식에게 큰 것을 바라는 게 아니라는 거예요.
그러나 큰 것이든 작은 것이든
기대하는 마음이 채워지지 않으면 원망하는 마음이 생기고
기대하는 마음이 없으면 원망이 생기지 않습니다.

자식에게 헌신했다는 생각부터

헌신적이 아니었다는 것을 보여 주는 것입니다.

무엇인가 기대를 가졌기 때문에 아들이 미운 것 아니겠습니까.

자식에게 기대를 하고 있는 한 그분은 불행한 것입니다.


그후 보살님이 마음을 바꿔 버렸어요.

마음을 바꾸고 불평이 없어지니까

이번에는 아들 둘이 서로 보살님을 자기 집으로 모셔 가려고 했어요.

자식에 대한 기대를 모두 없애고 나니까 싫어하는 표정 없이

아들들을 고맙게 여기니

자식들도 어머니가 더욱 더 좋아진 것이지요.


자식을 키울 때, 남에게 돈을 빌려 줄 때, 남을 도와 줄 때

자기 행위에 대한 대가를 기대할 수도 있고 안 할 수도 있습니다.

내가 기대를 하고 있다고 해서 상대가 내 기대에 응하고

내가 기대를 안 한다고 해서 내 기대에 응하지 않는 것은 아닙니다.

기대를 하든 안 하든 그것은 이미 나를 떠나 타인에게로 간 것입니다.

그 기대에 응하고 응하지 않고는 상대의 뜻이니
보답할 수도 안 할 수도 있다는 것입니다.

기대를 했는데 보답을 하면 만족하고
기대에 응답하지 않으면 섭섭해하고 미움을 갖게 됩니다.
대가를 기대한다는 것은
마치 고삐를 만들어 자기 목에 걸어 놓고
타인에게 그 고삐의 손잡이를 건네 주는 것과 같아서
그 사람이 고삐를 당기는 데 따라 내 삶이 끄달리게 되는 것입니다.
대가를 기대하지 않는다는 것은 고삐를 건네 주지 않은 것이니
타인에 의해 내 삶이 왔다갔다 하지 않습니다.

무주상 보시를 하는 마음은
내가 자유의 마음으로, 주인된 마음으로 하는 것이기에
자신에게 기쁨을 주고, 또 공덕이 되는 것입니다.
이것이야말로 진정한 자유의 삶이요 기쁨입니다.

# 자연스러움이 진리다

목욕탕에 가면 옷을 벗고
목욕탕에서 나오면 옷을 입고
배고프면 밥을 먹고
배부르면 아무리 맛있어도 그만 먹고
피곤하면 잠을 자고
피곤이 풀리면 일어나서 일을 하고
이런 자연스러움이 진리입니다.
그런데 우리는 그렇게 하지 않습니다.


「채근담」에 이런 구절이 있습니다.
'바람이 불면 나뭇잎이 흔들리고 바람이 지나가면 나뭇잎이 멈춘다.'
그런데 우리는 어떻게 합니까?
바람이 불면 흔들리고, 바람이 지나간 뒤에도 계속 흔들리고
바람이 부는데도 안 흔들리려고 뻗대고 버팁니다.
그러면 어떻게 됩니까?
부러지지요.

# 나를 사랑하는 법

산을 보고 좋아해도 내가 좋고
바다를 보고 좋아해도 내가 좋은데
하물며 그 사람을 보고 좋아하면
내가 얼마나 좋겠습니까.

늘 긍정적이고 기쁜 마음을 가져야 합니다.
이것이 나를 사랑하는 법입니다.
이것이 나를 아름답게 가꾸는
자기 화장법입니다.

# 대가를 바라지 마세요

산에 올라
'아, 이 산 경치 좋다! 저 소나무 참 멋있다!'
이러면 내가 기분 좋아요, 산이 기분 좋아요?
내가 기분 좋지요.

바닷가에 가서
'야, 거 바다 한번 멋있구나!'
이러면 바다가 기분 좋아요, 내가 기분 좋아요?
내가 기분 좋지요.

가을에 단풍이 아름다울 때도
마찬가지죠.

예, 그렇습니다.
내가 산을 좋아하면 내가 좋습니다.

내가 어떤 여자를 참 좋아해요.

그러면 내가 좋아요, 그 여자가 좋아요?

내가 좋지요.

내가 그 여자를 아무리 좋아해도

그 여자가 나한테 눈길 한 번 안 주면

미워져요, 안 미워져요?

미워지지요.


그런데 산에 가서 내가 아무리 산이 좋다고 해도

산이 나한테 눈길 한 번 줬어요, 안 줬어요?

안 줬지요.

그런데 내가 산이 미워진 적 있어요, 없어요?

없습니다.

## 가족에 대한 참회

왜 나는 자꾸 화가 나는 것일까요?
그것은 '내가 잘났다'는 생각이 가슴 속에 깔려 있기 때문입니다.
사람들이 모두 제 잘난 맛에 산다고 하는 것처럼
나름대로 자기가 똑똑하다고 생각하는 것이지요.

굳이 다른 사람 앞에서는 얘기하지 않지만
자기 내면에는 이런 생각이 있는 것입니다.
'나는 똑똑한 사람이다, 내가 하는 일은 뭐든지 옳고 잘한다.'
그러니 다른 사람이나 자식이 하는 일이
마음에 안 들고 화가 나는 것입니다.

이런 심성은 내면 깊숙이 깔려 있어 금방 드러나지 않지만
가족처럼 가까운 사람이나 혹은 아주 모르는 사람에게는
금방 드러나게 됩니다.
본래 모습을 가족이 제일 잘 알기 때문에 그렇습니다.

그런 마음을 버리라고 할 때,
스님이나 부처님 앞에서는 참회해 봐야 소용없고
그런 마음을 가장 잘 드러내는 가족에게 참회해야 합니다.
그런 마음을 가장 잘 나타내는 상대에게 숙이고 참회하면
다른 사람에게는 저절로 숙이게 됩니다.

그런데 이것을 잘못 받아들이면
자기 가족에게만 잘하라는 것처럼 생각하는 경우가 있습니다.
그러나 이 말은 내 가족이니까 잘하라는 의미가 아닙니다.

자신이 가장 가볍게 생각하는 관계에서
가장 노골적인 행동이 나타나기 때문에
가족에게 숙일 수 있으면
다른 사람에게도 저절로 숙일 수 있는 것이 이치입니다.
그래서 참회의 대상으로
가족에게 고개를 숙이라고 하는 것입니다.

## 두려워할 게 없는 이치

고통은 제멋대로 일어나는 게 아니라
내가 지은 인연에 따라 일어납니다.
전생으로부터 알게 모르게 시작된 것,
이생으로부터 시작된 것, 태중으로부터 시작된 것 ,
어제부터 시작된 것.
이렇게 수없이 많은 인연이 겹쳐서 지금 힘을 내는 것입니다.

인연과(因緣果)
즉, 어떤 원인과 조건으로 결과가 왔다는 것을 알게 되면
세상에 두려워할 게 없습니다.
자기 삶의 길을 알면 미리 과보를 피할 수도 있고
언젠가 반드시 받고 넘어가야 할 과보라고
의연하게 대처해 나갈 수 있습니다.

우리는 삶이 괴로우면
남편이나 자식, 부모 등 남에게 책임을 돌리며

그들이 어떻게 하느냐에 따라서 왔다갔다 하는 객(客)으로 삽니다.

그러나 업장을 알아 '내 탓이고, 내 지은 바대로구나.'

이 점을 자각하면 주인이 되고 보살로 가는 길을 갈 수 있습니다.

책임지겠다는 생각을 하면 벌써 부처의 길로 접어든 겁니다.


내 자신이 무엇을 얻고자 하는 기도보다는

내 자신을 되돌아보는 기도를 하면

자기 장벽이 무너집니다.


자기 장벽이 무너지면

모든 것이 보이니 어떤 문제도 해결할 수 있습니다.

그래서 내 모습을 알고, 내 업장을 아는 것은

이미 고통을 해소할 수 있는 해결책이 나온 것입니다.

다만 업장소멸을 하느냐 안 하느냐 하는

행(行)이 문제일 뿐입니다.

# 행복하려면 베푸세요

만약 나에게
바라는 마음이 없다면 괴로움은 생기지 않습니다.
그래서 기쁨을 얻으려면 베풀어야 하고
괴로움이 생기지 않게 하려면 바라지 말아야 합니다.

베풀지 않고 사랑하지 않으면
기쁨이 없습니다.
그러니 베풀고 사랑하되
바라는 마음이 없어야 괴로움이 생기지 않습니다.
즉 기쁨만 있고 괴로움이 생기지 않게 하려면
베풀고 바라지는 말아야 합니다.

행복해지고 싶으면 베풀고 보시하세요.
그러나 그 베풂에 바라는 마음이 개입되면
그것이 때때로 불행으로 돌아오니
그것마저도 일어나지 않게 하려면

바라는 마음을 없애라고 하는 것입니다.


사랑을 베풀든 재물을 베풀든
베푸는 것을 '보시'라 하고
바라는 마음 없이 베푸는 것을
'무주상(無住相) 보시'라고 합니다.

# 내려 놓기

부처님의 가르침은 남을 위해서 그렇게 하라는 것이 아닙니다.
남을 위하는 마음을 내는 것이
나한테 좋기 때문에 그렇게 하라는 것입니다.
'그 사람한테 바라지 말라.'고 얘기하는 것도
그 사람을 위해서 그렇게 하라는 게 아닙니다.
바라는 마음을 내지 않으면
나한테 좋기 때문입니다.


집착을, 욕심을 정말 크게 한 번 내려 놓아 보면
내가 무기력해지는지
아니면 더 생기가 돋는지 알 수 있습니다.


집착을 하면 큰 힘이 나오는 것은 맞습니다.
그러나 그 힘은 파괴적 힘이 될 때가 많습니다.
집착을 내려 놓는다는 것은
그 힘을 내려 놓는 것이에요.

관여하지 않는 것이 그 사람한테 좋으면
관여하지 않는 것이 좋고
관여하는 것이 그 사람한테 좋으면
관여하는 것입니다.

그래서 이것은 파괴력으로 작용하는 것이 아니라
비록 그 힘은 부드럽지만
항상 상대에게 이익으로만 작용합니다.

# 아내를 감동시키는 행동

가피를 바라려면 기도를 간절하게 해야 합니다.
간절하게 한다는 말은
하늘이 감동할 만큼 간절해야 한다는 말입니다.
그런데 먹을 거 다 먹고, 입을 거 다 입고, 잘 거 다 자고
하고 싶은 거 다 하면서 기도하면
하늘은 고사하고 내 옆에 있는 사람도 감동을 안 합니다.
그렇기 때문에 영험이 생길 수가 없습니다.

이것이 하늘이 감동할 만한지 안 한지는
옆에 있는 사람이 감동하는지 안 하는지 보면 알 수 있습니다.
아내가 하는 행동을 보고 남편이 감동하든지
남편이 하는 행동을 보고 아내가 감동하든지
부모가 하는 행동을 보고 자식이 감동하든지
옆에 있는 사람이 감동해야 합니다.

감동하면 인간성이 바뀌어 버립니다.

이해하는 것은 의식의 세계가 움직이는 것이지만

감동하는 것은 무의식의 세계가 움직이는 것입니다.

# 수행이란

수행을 통해 자신을 바꾸고 주체적으로 상황에 대응하는 것은
마치 부드러운 마음으로 업을 운용하는 것과 같습니다.


수행이란 새롭게 끝없이 이어져야 합니다.
비록 한 번 갈등을 이기고 부드럽게 흘러 가다가도
'이 정도면 됐다.'고 생각하게 되면
다시 그 업에 끌리게 되어 있습니다.


수행에 하나하나 단계가 있는 것은 아니지만
가다 가다 막히고 괴로운 것을 극복해 가는 과정이 수행인 것입니다.


수행이 깊어지면 파도가 잠시 일어났다 가라앉듯
순간적으로 자기 중심적 사고가 일어났다가도 곧 가라앉게 됩니다.
모든 악연이 선연이 되고, 세상일에 자유롭고 행복해집니다.


행복이란 사람과의 관계 속에서 이루어진

보이지 않게 전달되는 따뜻하고 부드러운 마음의 교감입니다.

그 충족된 에너지가 행복이지요.

그런 행복은 순간순간 흘러가 전달되는 것이라

느낄 수는 있어도 손에 잡거나 묶어 둘 수는 없는 것이지요.


수행을 통해 마음을 바꾼다는 것은

어리석음으로 쌓인 업장을 소멸시키고 부드럽게 흘러가는

마음의 본래 모습을 되찾는 것입니다.

욕망도 버리고, 성냄도 버리고, 어리석음도 버렸으니

수행을 아무런 느낌도 없는 것으로 생각하는 것은 그릇된 이해입니다.


언제나 수행하는 사람은 정말 살아 있는 사람, 살아 있는 생명입니다.

살아 있는 생명의 주체로서 수행하는 길은

우리들의 생활 속에서 이루어지는 것이며

행복을 가꾸는 바른 길임을 잊지 말고

정진해야 할 것입니다.

# 미워하는 마음

부모를 미워하는 마음 때문에 괴로운 사람이 있다고 합시다.
그 사람의 고통을 없애려면 '부모를 미워하는 마음'을 버려야 합니다.

구체적인 방법은 두 가지가 있어요.
첫 번째 방법은 괴로움의 원인을 바로 깨달아
미워하는 마음을 버리는 것입니다.
두 번째 방법은 부처님 앞에 엎드려 절하면서
'미워하는 마음을 버리겠습니다.' 하는 말을 입으로든 마음으로든
계속 반복함으로써
그 마음을 버리는 것입니다.

이것은 잠재의식에 대한
일종의 자기 최면이라고 볼 수 있습니다.
의식의 세계에서 쉽게 버려지지 않던 것도
하루가 지나고 한 달이 지나고 계속 해나가다 보면
아무리 강한 증오심이라도 버려지는 게 사실입니다.

사실 이 두 방향의 실천법이

전혀 별개의 것이라고 볼 수는 없습니다.

원인을 분명히 인식해야

어떠한 어려움에도 굽히지 않고 꾸준히 노력할 수 있고

또 의식적으로 꾸준히 노력해야

그 깨달음을 내 것으로 만들어 진정한 자기 개조의 효과를 얻게 됩니다.


자신의 성품이 어떻게 잘못되었는가 하는 것을 확실히 인식하고,

동시에 진정으로 고쳐야 한다는 의지를 가져야만

참회와 깨달음이 이루어집니다.

자기 개조를 위해 행하는 기도 역시

이렇게 함으로써

바르게 할 수 있습니다.

즉문즉설에 대하여

# 무엇이든 물어라!

부처님은 깨달음을 얻고 난 후 45년 동안 하루도 쉬지 않고 깨달음의 내용인 법(Dharma)을 전했습니다. 비가 많이 내리는 우기에는 약 3개월 동안 한 곳에 머물러 정진하는 안거(安居)를 했습니다. 그 외의 시간에는 한 곳에 오래 머물지 않고 마을에서 마을로, 도시에서 도시로 이동하면서 사람을 만나고 법을 전했습니다.

부처님이 제자들과 함께 어느 마을에 도착하면 마을 어귀의 망고나무 숲이나 보리수 아래에서 선정에 듭니다. 부처님이 오셨다는 소문을 듣고 망고나무 숲의 주인은 부처님을 찾아와 꽃으로 공양 올리며 환영과 감사의 인사를 합니다. 그리고 그 주인이 마을사람들을 위해 깨달음의 법문을 요청하면 부처님은 진리의 말씀을 전해 줍니다. 그 법문을 듣고 감동한 사람들 가운데 어떤 이는 부처님과 부처님의 제자들에게 식사를 대접하고자 자기 집으로 초대합니다.

부처님은 침묵으로 승낙하고, 이튿날 아침에 그 집으로 가서 공양을 받습니다. 공양을 마치고 나면 공양을 올린 이는 가족들과 함께 부처님께 질문을 하거나 하소연을 합니다. 또 그 모습을 보거나 내용을 듣고 의문이 있어 질문하는 제자가 있습니다. 이때 부처님께서는 자상하게 답을 해줍니다.

식사 초대가 없는 날은 마을로 들어가 차례대로 일곱 집을 찾아가서 밥을 얻습니다. 일곱 집을 모두 가지 않았는데 음식이 충분히 얻어지면 그냥 돌아옵니다. 일곱 집을 다 갔는데도 음식을 얻지 못하거나 부족해도 그냥 돌아옵니다. 일곱 집 이상은 가지 않았습니다. 그리고 원래 머물던 마을 어귀의 망고나무 숲으로 돌아와 대중들과 둘러앉아 공양을 합니다. 이때 많이 얻어온 사람은 적게 얻어온 사람과 나누어 먹습니다. 또 아파서 얻으러 가지 못한 사람에게도 나누어 줍니다.

공양이 끝나면 둘러앉아서 제자들이 부처님께 질문을 합니다. 수행을 하는 과정에서 생기는 많은 문제들을 부처님께 여쭙게 됩니다. 이러한 제자들의 질문과 부처님의 답변을 모아 놓은 것이 경전입니다. 그렇기 때문에 경전의 내용을 보면 매우 사실적입니다. 그런데 후대로 내려가면서 부처님의 숨결과 대중들의 현실적인 어려움이 배어 있는 이야기들은 점점 없어지고, 학자들이 정리한 사상과 이념만 남아 있거나 복을 구하는 이야기로 바뀌게 됩니다. 그래서 경전을 읽으면 현실감이 없는 공허한 소리로 들리거나, 너무 어려운 소리로 들리는 겁니다. 이렇게 '경전이 너무 어렵다, 복잡하다, 현실감이 없다'는 비판을 받게 되는 이유는 부처님과 대중들의 살아 있는 숨결이 빠졌기 때문입니다.

오늘 우리는 그 부처님의 숨결을 느끼고자 합니다. 우리들도 지금 각자의 사는 이야기를 구체적으로 해야 합니다. 그리고 편안하게 이야기해야 합니다. 부처님은 육신의 기력이 다하여 열반에 드시는 순간까지도 제자들의 의문을 해소해 주려고 이렇게 말씀하셨습니다.

"수행자들이여,
의심이 있거든 마땅히 지금 물어라.
이때를 놓치면 뒷날 후회하게 된다.
내가 살아 있는 동안 그대들을 위해 대답하리라."

육신의 고통으로 힘이 들어도 제자들에게 의혹이 있으면 물으라고 재촉하셨습니다. 그러나 제자들은 부처님이 떠나신다는 큰 슬픔 앞에서 아무도 입을 열지 못했습니다. 그러한 마음을 알고 부처님이 다시 말씀하셨습니다.

"수행자들이여,
그대들이 나를 우러러보기 때문에 묻지 못한다면

그것은 옳지 않다.
마땅히 벗이 벗에게 물어보듯이 어려워하지 말고
편안한 마음으로 물어라.
이때를 놓쳐 후일에 후회하지 않도록 하라."

여러분들도 오늘 이 자리에서 인생의 고뇌가 있고 질문이 있다면, 그냥 친구에게 고민을 털어놓듯이 편안하게 이야기하십시오. 즉문즉설(卽問卽說) 법회란 누군가가 질문을 하면 법사가 그 상황에 맞게 적절한 답을 하는 대기설법(對機說法)의 전통을 따르는 것입니다. 법회에 들어가기 전에 즉문즉설 법회의 전통과 그 내용, 그리고 일반 법회와 다른 점이 무엇인지 개략적인 설명을 한 후 이 법회를 같이 만들어 가려고 합니다.

### 대기설법의 전통

예를 들어, 서울 가는 길을 물었을 때, 인천 사람이 물으면 '동쪽으로 가라' 하고, 수원 사람에게는 '북쪽으로 가라' 하고, 춘천 사람에게는 '서쪽으로 가라' 합니다. 누가 길을 묻든 서울 가는 길을 일러 줍니다. 그러나 서울 가는 방향은 묻는 사람의 위치에 따라 다릅니다. 이때 '동쪽이다, 서쪽이다, 북쪽이다' 하는 것을 방편이라 하고, 이렇게 말하는 것을 방편설 또는 대기설법이라 합니다. 방편이란 조건이나 상황에 따른 가장 바른 길, 최선의 길이란 뜻입니다. 이처럼 전통적인 부처님의 가르침은 사람들이 물은 것에 대해 말씀하시는 대기설법이었고, 초기 경전인 「아함경」은 그 대기설법의 내용을 기록한 것입니다.

### 질문의 주제

그러면 대중의 질문은 어떤 내용일까요? 그 주제에는 제한이 없습니다. 사람들의 괴로움은 자기의 조건과 처지에 따라 다 다릅니다. 남이 볼 때는 별 문제 아닌 것이 자신에게는 가장 큰 일이고 큰 문제일수 있습니다. 언젠가 중·고등학교 선생님들이 모여 청소년 상담소를 열었는데, 학생들이 전화해서 성(性)에 대해 자꾸 물으니까 장난한다고 화를 내며 꾸중을 했다고 합니다. 학생들에게 이 문제는 장난이 아닙니다. 선생님들은 '아이들은 인생에 대해 진지하게 고민하는 것이 바람직하다. 학교교육이 이런 고민을 해결해 주지 못하고 있으니 뭐든지 도움을 줘야겠다.' 이런 생각에, 학생들이 '인생에 대한 진지한 고민'만 할 거라고 생각한 것이지요. 그러나 학생들은 인생에 대한 고민도 물론 하지만, 대부분은 자신의 신체적 변화나 성적 욕망 때문에 당황하고 괴로워합니다. 그것이 학생들에게는 중요한 문제이기 때문에 고심하다가 묻게 되는 겁니다.

인간의 고뇌에는 좋고 나쁜 것이 없습니다. 불교에 대해 알고 싶은 것만 해도, 절하는 방법에 대해 알고 싶은 사람, 탱화에 대해 알고 싶은 사람, 또 교리에 대해 알고 싶은 사람, 불교의 사회적 참여나 환경 실천에 대해 알고 싶은 사람, 양자역학과 불교의 관계나 전통 사상과 불교의 관계에 대해 알고 싶은 사람들이 있습니다. 또 연애하다 실패했거나 세상살이에 짜증나서 사는 게 괴로운 사람, 뭔지는 모르지만 사는 게 슬퍼서 힘들어하는 사람도 있습니다.

사람마다 고뇌가 다를 뿐이지, 고뇌에 좋고 나쁨이나 수준의 높고 낮음이 있는 게 아닙니다. 그렇기 때문에 자신이 처한 환경과 조건 속에서 고뇌하는 것을 내놓고 질문하면 되는 것입니다.

### 대중이 주인으로 참여하는 장

대기설법은 법사와 질문자가 함께 만들어 가는 법회입니다. 질문 내용에 따라 법회의 주제가 달라집니다. 그래서 대중이 주인으로 참여하는 것입니다. 과학과 관련된 질문이면 과학 교실이 되었다가, 생활에서 괴로운 얘기가 나오면 인생상담 교실이 되기도 하고, 교리와 연관된 질문이면 철학 교실이 되기도 합니다. 또 역사와 관련된 질문이면 역사 교실이 되고, 절의 운영에 대해 묻다 보면 경영 교실이 되기도 합니다. 대중들이 적극적으로 참여할 때 활기찬 법회도 가능합니다.

### 신뢰의 장

즉문즉설의 대기설법 법회에서는 법사의 대답이 질문에 따라 다양하게 나올 수 있습니다. 질문자가 장황하고 길게 열심히 질문하였지만 법사가 아무 말 안 할 수도 있고, 그냥 웃을 수도 있습니다. 그래도 그것이 대답이라는 것을 받아들여야 합니다. 대답을 안 하는 것은 질문자가 대답을 듣기보다는 자기 이야기를 하소연하고 싶을 때가 있는데, 그때는 그 사람의 이야기를 들어 주기만 하면 되기 때문입니다. 특별히 대답할 필요가 없는 질문일 때도 있고, 반대로 법사가 공격적으로 되물을 때도 있습니다. 질문자는 법사의 되묻는 질문도 대답의 한 방법으로 받아들여야 합니다. 이처럼 법회에서 대답을 하든지 안 하든지, 대답이 어떤 방식을 취하든지 대중은 '대답의 한 방법'으로 받아들이며 법사를 신뢰하는 마음이 있어야 합니다.

그리고 질문자는 자기가 원하는 대답을 듣겠다는 생각을 버려야 합니다. 자기가 원하는 대답을 듣겠다고 한다면 굳이 질문할 필요가 없기 때문입니다. 몰라서 물었다면 자기가 원하는 대답은 없을 것이라는 것을 알아야 합니다.

### 질문자와 청취자의 태도

질문자가 잘난 체하려는 경향이 있으면 이 법회는 경직되기 쉽습니다. 그러면 질문이 잘 안 나옵니다. '질문을 잘해야 하는데……', '저런 걸 질문이라고 하나', '질문하려면 적어도 이런 걸 해야지' 하는 생각을 하거나, '이런 질문을 하면 사람들이 날 보고 뭐라고 할까' 하는 생각을 하거나, 칭찬 받으려는 심리가 작용하면 질문이 잘 안 되고, 문답을 하다가 논쟁으로 흐르기 쉽고, 또 질문하고 나서 '사람들 보는 앞에서 창피만 당했다. 괜히 했다' 하고 후회하게 됩니다. 그러니까 그런 생각을 내려놓고 질문해야 합니다.

또 이 법회를 만들어 가면서 주의할 점은 이 자리에서 있었던 얘기는 이 자리에서 끝내야 합니다. 남편 있는 여자가 애인이 생겨 그것 때문에 괴로워서 질문을 했는데, 법회를 끝내고 나가면서 '그 여자, 그럴 줄 몰랐다'는 식으로 비난하거나, 법사가 대답으로 거친 표현을 했을 때 '스님이 어떻게 그런 심한 말을 할 수가 있어!' 하고 마음에 담아 두어서는 안 된다는 것입니다.

질문은 어떤 것이든 자기 고민을 해결하고 행복한 삶을 얻기 위해 하는 것이고, 그런 번뇌는 '옳다 그르다, 정당하다 비난받아야 한다'고 따질 수 없기 때문입니다. 그리고 대답은 법사의 입장에서 가장 효과적인 것을 선택한 것입니다. 예를 들어 큰 소리로 거친 표현을 쓴다면 그것이 그 상황에서 질문자에게 가장 효과적인 방법이라 판단해서 그렇게 하는 것입니다. 그래서 그걸로 끝나야 합니다. 그렇지 않으면 남에게 보이기 위한 질문과 겉만 번드르르한 응답을 하는 분위기로 변해 구체적인 삶의 문제를 단도직입적으로 얘기할 수 없게 됩니다.

이렇게 진행하다 보면 법회가 난장판이 될 수도 있습니다. 괴팍한 사람들이 와서 행패를 부리거나, 시비를 거는 경우 등 여러 형태로 전개될 수 있습니다. 그 가운데 가장 못한 경우가 여러분이 질문을 하지 않는 것인데, 우리는 그런 경우까지도 인정해야 합니다.

# 살아 있다는 것이 행복입니다

김병조 _ 방송인, 조선대 초빙교수

우리는 흔히 알아들을 수 없는 말을 할 때 선문선답(禪問禪答)하듯
한다고 한다. 이 말은 그만큼 불교가 어렵고 이해하기 어려운 종교라
는 뜻의 반증이기도 하다. 사실 많은 사람들이 불교가 너무 어렵고 현
학적(衒學的)이고 불교에는 뜬구름 잡는 이야기가 많다고 말한다.

필자도 불자의 한 사람으로 그런 생각이 들 때가 한두 번이 아니었
다. 좀 더 쉬울 수는 없을까? 피부에 와 닿듯 느낄 수는 없을까? 산중
(山中) 언어가 아닌 시중(市中)의 언어로, 고어체(古語體)가 아닌 일상
의 언어로, 남녀노소, 지식의 유무(有無), 지위의 고하(高下)를 막론하
고 모든 이들이 이해하기 쉽게 설명하는 길은 없는 것일까?

그러나 이 어찌 반가운 일이 아니랴. 정토회에서 활동하는 딸아이

의 소개로 귀한 법륜스님의 법문을 테이프와 법회를 통해 듣고, 특히 즉문즉설(卽問卽說)을 듣고 내 생각이 잘못 되었음을 알게 되었다.

'즉문즉설'이란 문자 그대로 즉석에서 묻고 즉석에서 답하는 형식이다. 우선 스님께서 법상(法床)에 오르시고 일갈(一喝) 하신다.

"무엇이든 물어라!"

그러면 쪽지를 통해, 육성을 통해 온갖 질문이 쏟아진다. 그런데 막상 질문이라는 것들을 들어 보면, '도가 무엇입니까?' '왜 삽니까?' 라는 본질적인 문제보다는 일상에서 일어나는 작은 것들이다. '남편이 변했습니다.' '직장에서 왕따를 당했습니다.' '아이가 말대꾸를 합니다.' 심지어 이성 문제까지도……

마치 오랜만에 찾아오신 친정어머니께 딸이 하소연하듯 질문을 던진다. 그러다 보니 어떨 때는 '어쩌면 저런 문제까지도 바쁘신 스님께 물어 보는가?' 라고 말할 정도의 자질구레한 문제까지도 묻는다.

그러나 스님은 그 어떤 질문에도 차등을 두지 않으시고, 즉문즉설 그대로 일순(一瞬)의 막힘도 없이, 마치 그 질문을 기다리고 계셨다는 듯이 시원하고 명쾌한 답을 주신다. 그것도 쉬운 말로, 손에 잡힐 듯이, 눈에 보이듯이 설명해 주시고 깨우쳐 주신다. 때로는 질문자와 함께 마음 아파하시며, 때로는 할머니처럼 보듬어 주시며, 때로는 어린 아이처럼 웃으시며, 부드럽고 자상한 목소리로 자비의 법문을 주신다.

필자의 일천(日淺)한 경험을 통해 느끼는 바이지만, 어렵게 가르치는 게 사실은 쉽다. 쉽게 가르치는 게 사실은 어려운 법이다.

대지약우(大智若愚) 큰 지혜는 일견 어리석어 보이고, 대교약졸(大巧若拙) 큰 재주는 일견 치졸해 보이며, 대변약눌(大辯若訥) 큰 웅변은 일견 어눌해 보인다 하지 않았던가. 나는 이 명언을 스님의 법문을 통해 확인한다.

더욱 즉문즉설이 주는 더 큰 가르침은, 질문하는 그 내용들이 질문자만의 문제가 아니라 내 문제로 와 닿는 데 있다. 질문은 옆 사람이 하는데 마치 내가 하는 느낌이요, 해답을 주시는 스님의 말씀이 내게 주시는 말씀으로 와 꽂힌다는 것이다. "맞아!" "아! 그렇구나." "난 정말 행복한 사람이구나." "그래 살 만한 가치가 있어."

스님은 말씀하신다. "모든 것은 나로부터 온다." "상대를 위해 참회하고 기도하라." "순간순간을 알아차려라."

한 말씀 한 말씀 들을 때마다 자신을 돌아보게 만들고, 살아 있음에 행복을 느끼게 만드는 스님의 법문.

이러한 큰 스승이 우리 곁에 계시니 우리는 진정 복받은 사람들이다.

# 인생이 즐거움을 깨닫게 되다

백경임 _ 동국대사범교육대학장, 한국불교상담학회장

나는 내 인생에서 불교를 만난 것을 가장 큰 행운으로 생각하고 있다. 어려서부터 불교의 품안에서 자랐으며, 대학 시절부터 불교단체에서 활동해 왔다. 그런 내 인생에서 법륜스님은, 2500여 년 전의 부처님의 가르침이 지금 내 삶에서 빛을 발하도록 해주신다는 점에서, 특별하신 분이다. 부처님이 존경과 신앙의 대상에만 머무르지 않고, 부처님의 가르침이 내가 안고 있는 문제에 적용되어 그 문제가 해결되는 기쁨을 알게 해 주셨다.

스님께서는 즉문즉설에서 우리의 마음을 훤히 비추어 그 얽힌 문제의 고리를 정확히 찾아 주신다. 그래서 나를 괴롭히는 문제가 왜 상대방 때문이 아니고 '내 마음이 문제'인지를, 또 상대방의 행동에 '내가 왜 괴로운지' 원인을 알아차리게 하신다.

우리는 누구나 자신의 약점에 직면하면 두렵고, 그 상황을 회피하고 싶어한다. 또 문제의 원인이 나에게 있음을 인정하는 것은 억울하게 느낀다. 그러나 스님의 가르침대로 내가 지금 괴로워하고 있는 그 일이 인과법의 결과임을 받아들이게 되면, 갈 길이 멀어도 해결의 희망을 갖게 된다. 그럼 마음이 가벼워진다. 그래서 기꺼이 수행과 정진을 일상에서 받아들여 기도하는 삶을 살게 된다. 업을 거스르는 정진의 시간이 괴롭고 힘들어도 정진 후에 내 마음이 조금은 더 편안해지고 자유로워지는 변화를 실감하게 되면, 공부를 싫어하던 아이가 공부에 재미를 붙이듯이 수행을 즐기게 되고, 삶은 긍정적으로 바뀌게 된다.

인생의 황혼녘에 돌아갈 길이 바빠도 이 법문을 지니고 있다는 것은 얼마나 다행인가!

세세생생 끌고 온 이 업을 바꿀 수 있다면 얼마나 큰 기적인가!

참으로 감사한 일이다.

# 삶에서 살아나는 부처님의 가르침

김용주 _ 변호사

변호사라는 직업의 특성상 나는 많은 사람들을 만난다.

대부분의 경우, 사람들은 법적인 해결방법을 찾고자 나를 찾아오는데 이야기를 나누다 보면 법적인 해결방법이 최선의 방법이 아니라고 생각되는 경우도 있다. 이러한 때에 나는 좀 다른 조언을 한다.

남편이 바람을 피워 못살겠다면서 이혼소송을 해 달라는 분에게는 법륜스님의 '즉문즉설' 책을 권하기도 하고, 돈을 못 받아 괴로워하면서 돈을 받아 달라고 찾아오시는 분에게는 법륜스님의 법문 테이프를 권하기도 한다.

군이 소송을 하겠다는 의뢰인들에게 법륜스님의 책과 테이프를 권하는 것은 나 또한 법륜스님의 법문을 통하여 삶 속에서 일어나는 많은 고민들을 해결할 수 있었고, 자유로운 삶, 행복한 삶을 살 수 있는 방법을 깨달았기 때문이다.

대부분의 의뢰인들은 지금 자신이 겪고 있는 문제에 화가 나고 감정이 앞선 가운데 합리적인 해결방법을 찾지 못하게 되는데 법륜스님은 '모든 것은 나로부터 시작된 것'이며 가장 중요한 것은 '내가 지금 행복해지는 것'이라는 가르침을 주신다.

나의 권유를 받아들인 의뢰인들이 한결 편안한 마음으로 자신의 문제를 되돌아보고 스스로 자신의 문제를 해결해 가는 모습을 바라보노라면 올바른 가르침이란 것이 얼마나 중요한지를 절절히 느끼게 된다.

이제 스님께서 하신 즉문즉설 법회의 내용이 책과 CD로 발간된다니 반가운 일이고, 이를 통하여 많은 사람들이 '지금 여기, 있는 그대로' 행복할 수 있는 방법을 알아가기를 간절히 바란다.